W9-DIJ-493

WE BOTH READ®

Parent's Introduction

We Both Read is the first series of books designed to invite parents and children to share the reading of a story by taking turns reading aloud. This "shared reading" innovation, which was developed with reading education specialists, invites parents to read the more complex text and storyline on the left-hand pages. Then children can be encouraged to read the right-hand pages, which feature less complex text and storyline, specifically written for the beginning reader.

Reading aloud is one of the most important activities parents can share with their child to assist in his or her reading development. However, *We Both Read* goes beyond reading *to* a child and allows parents to share the reading *with* a child. *We Both Read* is so powerful and effective because it combines two key elements in learning: "modeling" (the parent reads) and "doing" (the child reads). The result is not only faster reading development for the child but a much more enjoyable and enriching experience for both!

You may find it helpful to read the entire book aloud yourself the first time, then invite your child to participate in the second reading. In some books, a few more difficult words will first be introduced in the parent's text, distinguished with **bold lettering**. Pointing out, and even discussing, these words will help familiarize your child with them and help to build your child's vocabulary. Also, note that a "talking parent" icon ⌒ precedes the parent's text and a "talking child" icon ⌒ precedes the child's text.

We encourage you to share and interact with your child as you read the book together. If your child is having difficulty, you might want to mention a few things to help him or her. "Sounding out" is good, but it will not work with all words. Children can pick up clues about the words they are reading from the story, the context of the sentence, or even the pictures. Some stories have rhyming patterns that might help. It might also help them to touch the words with their finger as they read, to better connect the spoken words and the printed words.

Sharing the *We Both Read* books together will engage you and your child in an interactive adventure in reading! It is a fun and easy way to encourage and help your child to read—and a wonderful way to start your child off on a lifetime of reading enjoyment!

The Mouse in My House
Un ratón en mi casa
A We Both Read® Book

Text Copyright © 2012 by Paul Orshoski
Illustrations Copyright © 2012 by Jeffery Ebbeler
Editorial and Production Services by Cambridge BrickHouse, Inc.
Spanish translation © 2014 by Treasure Bay, Inc.
All rights reserved

We Both Read® is a trademark of Treasure Bay, Inc.

Published by
Treasure Bay, Inc.
P.O. Box 119
Novato, CA 94948 USA

Printed in Singapore

Library of Congress Control Number: 2012956003

Paperback ISBN: 978-1-60115-056-1

We Both Read® Books
Patent No. 5,957,693

Visit us online at:
www.webothread.com

PR-11-13

JER Sp Orshos
Orshoski, Paul
The mouse in my house = Un raton en
mi casa /
$4.99

3 4028 09625 8844
HARRIS COUNTY PUBLIC LIBRARY

Introducción a los padres

We Both Read es la primera serie de libros diseñada para invitar a padres e hijos a compartir la lectura de un cuento, por turnos y en voz alta. Esta "lectura compartida" —que se ha desarrollado en conjunto con especialistas en primeras lecturas— invita a los padres a leer los textos más complejos en la página de la izquierda. Luego, les toca a los niños leer las páginas de la derecha, que contienen textos más sencillos, escritos específicamente para primeros lectores.

Leer en voz alta es una de las actividades más importantes que los padres comparten con sus hijos para ayudarlos a desarrollar la lectura. Sin embargo, *We Both Read* no es solo leerle *a* un niño, sino que les permite a los padres leer *con* el niño. *We Both Read* es más poderoso y efectivo porque combina dos elementos claves del aprendizaje: "demostración" (el padre lee) y "aplicación" (el niño lee). El resultado no es solo que el niño aprende a leer más rápido, ¡sino que ambos disfrutan y se enriquecen con esta experiencia!

Sería más útil si usted lee el libro completo y en voz alta la primera vez, y luego invita a su niño a participar en una segunda lectura. En algunos libros, las palabras más difíciles se presentan por primera vez en **negritas** en el texto del padre. Señalar o conversar sobre estas palabras ayudará a su niño a familiarizarse con estas y a ampliar su vocabulario. También notará que el ícono "lee el padre" ☺ precede el texto del padre y el ícono de "lee el niño" ☺ precede el texto del niño.

Lo invitamos a compartir y a relacionarse con su niño mientras leen el libro juntos. Si su hijo tiene dificultad, usted puede mencionar algunas cosas que lo ayuden. "Decir cada sonido" es bueno, pero puede que esto no funcione con todas las palabras. Los niños pueden hallar pistas en las palabras del cuento, en el contexto de las oraciones e incluso de las imágenes. Algunos cuentos incluyen patrones y rimas que los ayudarán. También le podría ser útil a su niño tocar las palabras con su dedo mientras leen para conectar mejor las palabras habladas con las palabras impresas.

¡Al compartir los libros de *We Both Read*, usted y su hijo vivirán juntos la fascinante aventura de la lectura! Es una manera divertida y fácil de animar y ayudar a su niño a leer —¡y una maravillosa manera de preparar a su niño para disfrutar de la lectura durante toda su vida!

WE BOTH READ®

The Mouse in My House

Un ratón en mi casa

By Paul Orshoski

Translated by Yanitzia Canetti

Illustrated by Jeffery Ebbeler

TREASURE BAY

Once there was a **tiny mouse** that made its way inside my house. And from its tiny little nest . . .

*Había una vez un **ratoncito** que dentro de mi casa, se abrió un caminito. Y desde su nido pequeñito. . .*

the **tiny mouse** was one big pest.

*formó una gran plaga aquel **ratoncito**.*

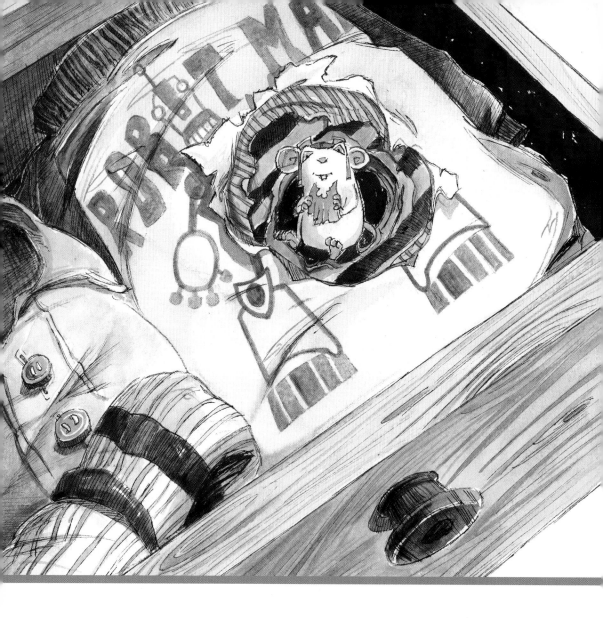

The mouse would race across my toes.
It liked to chew on all my clothes.
It liked to hide. Quickly it came and went, . . .

El ratón corría por los dedos de mis pies.
Le gustaba masticar toda mi ropa. Le gustaba
esconderse. Él iba y venía con prisa, . . .

4

and with my shirt it made a tent.

y él hizo una tienda con mi camisa.

It frightened Dad. He threw a mop.
The mouse got Dad to blow his top.
It startled Mom. She danced a jig.

Papá se asustó. El trapeador lanzó.
¡Sacarlo de sus casillas aquel ratón consiguió!
Mamá se sorprendió. Del susto, bailó.

The mouse made Mother flip her wig.

Por culpa del ratón, su peluca giró.

Mom tossed a skate. Dad froze in place.
And then Kitty joined the chase.
As Kitty Cat searched on with me, . . .

Mamá un patín le tiró. Papá quieto se quedó.
Y entonces Gatito a la caza se unió.
Mientras el Gato Gatito junto a mí lo buscaba, . . .

the mouse just hid and had hot tea.

el ratón se escondía y un té caliente se tomaba.

While Kitty made a great big fuss,
the mouse just sat and laughed at us.
It popped a hatch and left its cave.

Cuando Gatito hacía un gran alboroto,
el ratón se sentaba y se reía de nosotros.
Abría una escotilla y de su cueva salía.

It swung up high and gave a wave.

Saludaba desde arriba mientras se mecía.

Mom saw the mouse and threw a can.
Dad dropped his cup and tossed a pan.
They filled the floor with pads of glue.

Mamá vio al ratón y una lata le lanzó.
Papá dejó caer la taza y una sartén le tiró.
De parches pegajosos el piso se llenó.

They stuck on Dad—
and Mother too.

*Se pegaron a Papá
y también a Mamá.*

The mouse ran swiftly up the sink.
It gave a smirk and then a wink.
The mouse sprayed Kitty with a big hose.

Veloz, hasta el fregadero, el ratoncito corrió.
Soltó una sonrisita, luego un ojo guiñó.
Con una gran manguera, a Gatito roció.

And this gave the cat
a big wet nose!

*¡Y la nariz del gato
muy mojada quedó!*

While Kitty tucked her tail in tears,
the mouse just grinned from ear to ear.
As Kitty cried, I hatched a plan.

Cuando Gatito arrastró su cola mojada,
el ratoncito se rió y se rió a carcajada.
Mientras Gatito lloraba, un plan yo urdí.

I spun around
and off I ran.

*Me di la vuelta
y hacia afuera corrí.*

I grabbed some cheese. I set a trap.
Suddenly I heard the mouse trap snap,
then I heard a howl. I heard a wail.

*Tomé un poco de queso. Una trampa tendí.
De repente el chasquido de la trampa oí,
y escuché un aullido. Escuché un llantito.*

I got no mouse—
just Kitty's tail!

*No cayó el ratoncito,
¡solo la cola de Gatito!*

I chased the mouse beneath a chair.
But when Dad looked, it was not there.
I tried to trap it in a steel bowl.

Hasta debajo de una silla, al ratón perseguí.
Pero cuando Papá miraba, no estaba allí.
Traté de atraparlo en un bol de acero.

 The mouse ran back into its hole.

El ratón corrió y se metió en su agujero.

As Mom was resting unaware,
the mouse was nibbling on a pear.
It spit the seeds inside Mom's sock.

Mientras Mamá adormecida descansaba,
el ratón una pera mordisqueaba.
En las medias de Mamá, las semillas escupía.

And then it ran up
the clock.

*Y a lo alto del reloj
luego se subía.*

We trapped it in a corner spot.
And that mouse tied Kitty up in knots.
It bopped me on my big old head.

Le tendimos una trampa en un rincón.
Y ató con nudos a Gatito aquel ratón.
En mi vieja cabezota me golpeó.

It rang the chime
and then it fled.

*Sonó el timbre
y luego él huyó.*

Down the stairway near the den,
the mouse was on the loose again.
I jumped the rail and leaped out far . . .

Abajo de la escalera, cerca de la guarida,
el ratón logró otra vez escapar enseguida.
Salté la barandilla y lejos él saltó . . .

 and got the mouse
inside a jar.

*y dentro del frasco
se quedó.*

We all hopped in my father's truck.
And now the mouse was one sad duck.
We drove as far as one could see, . . .

Nos montamos en la camioneta de Papá.
Como un pato triste el ratón ahora está.
Manejamos hasta alejarnos lo suficiente,. . .

 and then we let the mouse go free.

*y luego dejamos ir
al ratón libremente.*

The mouse made friends with other mice.
The country mice were playful and nice.
They ran all night and slept all day.

El ratón se hizo amigo de otros ratones.
Los ratones de campo eran amables y juguetones.
Corrían toda la noche y por el día dormían.

They liked to dance.
They were happy to play.

*Les gustaba bailar
y jugar con alegría.*

At first the mouse was glad to roam,
but soon enough it missed our home.
So with its friends it hit the road, . . .

Al principio el ratón se alegró de vagar,
pero en poco tiempo extrañó nuestro hogar.
Así que él y sus amigos al camino salieron, . . .

and on a tractor
they all rode.

*y en un tractor
todos se subieron.*

They slipped inside a **farmer**'s shed.
They had a feast and went to bed.
The cows and chickens gave a shout.

*Se colaron en el cobertizo de un **granjero**.*
Tuvieron una fiesta y a la cama se fueron.
Las vacas y los pollos pegaron gritos.

The **farmer** came and ran them out.

*El **granjero** llegó y sacó a los ratoncitos.*

They hopped a train. They rode a bus.
They asked for help from Mailman Gus.
He checked his map. He scratched his ear, . . .

Se subieron a un tren. Montaron en autobús.
Le pidieron ayuda al cartero Gus.
Este miró el mapa. La oreja se rascó, . . .

and then Gus led
them back to here.

y luego Gus
aquí los devolvió.

There were a hundred, maybe more,
when all those mice went through the door.
They dashed and darted up the wall, . . .

Había un centenar, eran más tal vez,
cuando todos los ratones entraron a la vez.
Por todas las paredes se treparon y subieron, . . .

and then the little mice
ran down the hall.

*y luego los ratoncitos
por los pasillos corrieron.*

We chased them morning, noon, and night.
We would not quit without a fight!
They locked us out and we were beat, . . .

*Mañana, tarde y noche, los perseguíamos.
No abandonábamos la lucha, ¡no nos rendíamos!
Nos dejaron afuera y no pudimos entrar, . . .*

and so we moved across the street.

y a la acera del frente nos tuvimos que mudar.

If you liked **The Mouse in My House,** here is another
We Both Read® Book you are sure to enjoy!

*Si te gustó leer **Un ratón en mi casa,** ¡seguramente disfrutarás
al leer este otro libro de la serie We Both Read®!*

Manny is the best-mannered monster you will
ever meet. Join Manny and his best friend, Mary,
as they help Mary's mom get ready for a dinner
party. The dinner party guests don't know there
will be a monster at the party, but Manny is so
nice that everyone will like him and the party will
go smoothly.

*Many es el monstruo más educado que jamás
hayas conocido. Únete a Many y su mejor amiga,
Mari, mientras ayudan a la mamá de Mari a
preparar la cena. Los invitados al festín no saben
que habrá un monstruo, pero Many es tan amable
que les cae bien a todos y la fiesta transcurre sin
problemas.*

To see all the We Both Read® books that are available,
just go online to **www.WeBothRead.com.**

*Para ver todos los libros disponibles de la serie We Both Read®,
visita nuestra página web: **www.WeBothRead.com.***

Harris County Public Library, Houston, TX